AF221348

FSC
www.fsc.org

MIX

Papier aus ver-
antwortungsvollen
Quellen
Paper from
responsible sources

FSC® C105338

Welt-Orgasmustag

Michael Felske

Impressum

Bibliografische Information der Deutschen Nationalbibliothek:
Die Deutsche Nationalbibliothek verzeichnet diese Publikation in der Deutschen Nationalbibliografie; detaillierte bibliografische Daten sind im Internet über http://dnb.dnb.de abrufbar.

© 2021 Michael Felske

Titelfotos: Andreas Czolbe, Michael Felske

Herstellung und Verlag: BoD – Books on Demand, Norderstedt

ISBN: 978-3-7543-0859-2

INHALTSVERZEICHNIS

Vorspiel

Aktionstage gibt es für (fast) alles und jeden. Viele haben aus meiner Sicht ihre Berechtigung – andere sollen einfach nur das Marketing bestimmter Gruppen unserer Gesellschaft unterstützen. Immerhin: Wenn ein gescheiterter Lehrer und professioneller Schlaumeier und sein durchtriebener, gewiefter Kumpel sich diesem Thema widmen, dann ist Comedy mit Conny und Peter angesagt. Vom Tag des Alten Gesteins über Fischbrötchentag und Internationalem Frauentag: Kaum ein Aktionstag kommt hier zu kurz. Wenn Du ebenso viel Spaß beim Lesen hast wie ich beim Ausdenken und Schreiben, dann ist alles gut.

Viel Vergnügen wünscht Dir

Michael Felske

12. September: Tag der deutschen Sprache

SFX GLOCKE LADENTÜR KLINGELT – CONNY KOMMT

CONNY

"Morgen Peter; alter Trödelfuzzi!"

PETER

"Tach Conny! Geht's gut? Wie war Dein Urlaub?"

CONNY

"Urlaub auf dem Bauernhof kann ich nur empfehlen. Schön ruhig. Spazierengehen, Tiere streicheln und abends in der Dorfkneipe kräftig einen zischen."

PETER

"Na, ich steh´ ja mehr auf Bildungsurlaub im Ausland. Auf dem Land würde ich mir komisch vorkommen."

CONNY

"Ach was. Das ist bestens zum Entspannen. Doch wo Du „komisch" sagst. Eines war dort echt komisch."

PETER

"Was denn?"

CONNY

"Na wie die Leute in der Kneipe geredet haben."

PETER

"Wie denn?"

CONNY

"Zum Beispiel: ´Ich hatte ihm gesagt gehabt` oder ´Ich war schon mal in die Stadt gegangen gewesen.` Und der Kneipier sagte immer ´Ich hatte ihm angeschrieben gehabt.` Kannst Du da was mit anfangen?"

PETER

"Klar! Das ist eine Zeitform der Vergangenheit. Du weißt es noch aus der Schule: Gegenwart, Vergangenheit, Perfekt und Plusquamperfekt."

CONNY

"Stimmt! Da war doch mal was."

PETER

Und Deine Bekannten reden sogar im doppelten Plusquamperfekt.

CONNY

"Also noch länger als verdammt lang her?"

PETER

"Ja, ganz weit in der Vergangenheit. Ist aber von der Grammatik her nicht richtig."

CONNY

"Und warum reden sie trotzdem so?"

PETER

"Weil ihre guten Zeiten schon lange vorbei sind?"

CONNY

"Blödmann!"

24. September: Tag der Raumfahrt

SFX GLOCKE LADENTÜR KLINGELT – CONNY KOMMT 2

CONNY

"Morgen Peter; alter Trödelfuzzi!"

PETER

"Tach Conny! Geht's gut?"

CONNY

"Was liest Du da?"

PETER

"Einen Katalog für Studienreisen."

CONNY
"Pah-Studienreisen. Lass uns lieber mal was
Spannendes machen."

PETER

"Wie? Was Spannendes?"

CONNY

"Zum Beispiel einen Fallschirmsprung!"

PETER

"Nee, lieber nicht."

CONNY

"Oder Wildwasserrafting?"

PETER

"Nee."

CONNY

"Jetzt hab´ ich´s. Wir fliegen zum Mond!"

PETER

"Du spinnst!"

CONNY

"Stell Dir vor: Wir zwei als Astronauten! Vier- drei-
zwei-eins-Start!"

PETER

"Bei dir piept´s doch!"

CONNY

"Zuerst zünden die Haupttriebwerke, dann die

Feststoffraketen. "

PETER

"Ist klar."

CONNY

"Wir heben ab und verlassen den Startturm mit 80km/h."

PETER
"Nur?"

CONNY

"Nach nur sieben Sekunden haben wir auf 140 km/h beschleunigt."

PETER
"Oh-ho!"

CONNY

"Nach einer Minute durchbrechen wir die Schallmauer. Das geht ab, was?"

PETER

"Na ja."

CONNY

"Nach 90 Sekunden sausen wir mit doppelter Schallgeschwindigkeit weiter."

PETER

"Wäre mir zu schnell."

CONNY

"Mit einer Geschwindigkeit von 28.900 km/h erreichen wir den Weltraum. Ist das nicht irre?"

PETER

"Du bist irre."

CONNY

"Ja, ist schon gut. Mach ruhig wieder eine Studienreise. Wandern in der Toskana oder so."

PETER

"Gute Idee!"

CONNY

"Dich brauche ich gar nicht zu fragen ob Du mit mir ins All fliegst."

PETER

"Wieso?"

CONNY

"Du sitzt hier im Laden herum, langweilst Dich…"

PETER

"Ja und? Ich lebe."

CONNY

"Ja, aber hinter dem Mond!"

25. September: Tag des Butterbrotes

SFX GLOCKE LADENTÜR KLINGELT – CONNY KOMMT

CONNY
"Morgen Peter; alter Trödelfuzzi!"

PETER

"Tach Conny! Geht's gut?"

CONNY

"Klar. Hast Du mal zwei Frühstücksteller und zwei Messer?"

PETER

"Sicher. Hier! Und was jetzt?"

CONNY

"Nun schmieren wir zwei uns genüsslich jeder ein Butterbrot."

PETER

"Warum das denn?"

CONNY

"Es schmeckt und tut uns gut."

PETER

"Wie, tut uns gut?"

CONNY

"Frag nicht – schmier´ schon!"

PETER

"Is´ ja gut. Mach ich doch."

CONNY

"Gemeinsam Brot essen ist ein Ritual."

PETER

"Aha!"

CONNY

"Das sorgt für Gemeinschaftsgefühl."

PETER

"Jo – stimmt. Wir zwei sitzen hier und beschmieren uns die Finger mit Butter."

CONNY

"Deswegen sagen die Saarländer auch Butterschmier dazu."

PETER

"Ich kenne es als Stulle. Oder Schnitte."

CONNY

"Oder Bemme."

PETER

"Hab´s aufgegessen. Ist jetzt Schluss mit Gemeinschaftsgefühl?"

CONNY

"Nö. Hat´s Dir gefallen?"

PETER

"Ja hat geschmeckt aber…"

CONNY

"Aber was?"

PETER

"Wann kommt denn das Bier?"

CONNY

"Spinner!"

1. Oktober: Tag des Alters/ der Senioren

SFX GLOCKE LADENTÜR KLINGELT – CONNY KOMMT

CONNY

"Morgen Peter; alter Trödelfuzzi!"

PETER

"Tach CONNY! Geht's gut?"

CONNY

"Ja klar. Du, denkst Du manchmal über das Älterwerden nach?"

PETER

"Nö, eigentlich nicht."

CONNY

"Weißt Du noch - früher?"

PETER

"Du meinst als wir noch bis um sieben Uhr morgens in der Disco waren?"

CONNY

"Ja genau. Und danach sind wir im Cafe gegenüber mit den Mädchen frühstücken gegangen."

PETER

"Frauen hatten wir!"

CONNY

"Bildschön und heißblütig!"

PETER

"Mit Beinen bis in den Himmel!"

CONNY

"Und langen blonden Haaren!"

PETER

"Tja, das waren noch Zeiten!"

CONNY

"Nach der Schule sind wir nicht heim zur Mutti..."

PETER

"...sondern nix wie rein in die Spielhalle!"

CONNY

"Kicker, Flipper und…"

PETER

"…Billard!"

CONNY

"Genau! Die schwarze Kugel nach Ansage exakt Eingelocht."

PETER

"Bämm, war sie drin!"

CONNY

"Das Geräusch habe ich jetzt noch im Ohr."

PETER

"Ich auch. ´Klack´ hat es gemacht. Kompromisslos Klack".

CONNY

"Und heute?"

PETER

"Ja, was - heute?"

CONNY

"Heute gehen wir gemeinsam zur
Vorsorgeuntersuchung."

PETER

"Was? Wohin denn das?"

CONNY

"Zum Urologen!"

PETER

"Spinner!"

5. Oktober: Weltlehrertag

SFX GLOCKE LADENTÜR KLINGELT – CONNY KOMMT

CONNY

"Morgen Peter; alter Trödelfuzzi!"

PETER

"Tach Conny! Geht's gut?"

CONNY

"Klar. Du, ich muss Dich mal was fragen. Warum bist Du nicht Lehrer geworden?"

PETER

"Weiß´ nicht. War früher mal mein Traumberuf."

CONNY

"Festes Geld, Ferien und am Ende eine fette Pension."

PETER

"Ja, das wär´ was!"

CONNY

"Ich habe da ´nen Test vorbereitet. Wenn Du den schaffst, bewirbst Du Dich als Quereinsteiger.

PETER

"Das geht?"

CONNY

"Klar. Du musst aber viel wissen!"

PETER

"Ich weiß viel!"

CONNY

"Wart´s ab! Wenn Du´s nicht weißt, sag einfach ´weiter`.“

PETER

"OK. Fang an!"

CONNY

"Wie viele Füße hat ein Tausendfüßler?"

PETER

"750."

CONNY

"Wie lang ist die Tragzeit einer Katze?"

PETER

"58-67 Tage."

CONNY

"Wie viele Einwohner hat Deutschland?"

PETER

"83,2 Millionen."

CONNY

"Du muss Lehrer werden!"

PETER

"Schaff´ ich!"

CONNY

"Wie ist das deutsche Staatsgebiet aufgegliedert?"

PETER

"16 Bundesländer, 38 Regierungsbezirke, 402 Stadt- und Landkreise, 11.212 Gemeinden auf 357.385 Quadratkilometer Fläche."

CONNY

"Du machst es toll! Hallo Du Lehrer!"

PETER

"Quereinstieg. Ich will wissen, wie das geht."

CONNY

"Wie viele Lehrer gibt es an allgemeinbildenden Schulen?"

PETER

"754.526."

CONNY

"Anzahl durchschnittliche Krankheitstage pro Lehrer und Jahr?"

PETER

"Weiter."

CONNY

"30."

PETER

"So viele!"

CONNY

"Wie viele Fälle von Gewalt gegen Lehrer gab es?"

PETER

"Weiter!"

CONNY

"49.000."

PETER

"Oh mein Gott!"

CONNY

"Wie viele Lehrer leiden unter Burnout?"

PETER

"Weiter!"

CONNY

"233.333."

PETER

"Ach Du Schande! Und jetzt?"

CONNY

"Jetzt bewirbst Du Dich als Lehrer!"

PETER

"Bei den Zahlen? Niemals, Du Spinner!"

12. Oktober: Welt-Ei-Tag

SFX GLOCKE LADENTÜR KLINGELT – CONNY KOMMT

CONNY

"Morgen Peter; alter Trödelfuzzi!"

PETER

"Tach Conny!"

CONNY

"Was liest Du da?"

PETER

"Post vom Gericht."

CONNY

"Was? Warum das?"

PETER

"Wegen meinem Hahn. Er kräht denen zu viel und zu laut."

CONNY

"Hähne machen das!"

PETER

"Sag das mal meinen Nachbarn. Die haben mich verklagt."

CONNY

"Und?"

PETER

"Das Urteil: ´Dem Kläger steht ein Anspruch auf Unterlassung der Eigentumsstörung durch die Geräusche des Hahns zu`."

CONNY

"Eigentumsstörung? Die spinnen doch!"

PETER

„Der Hahn muss täglich von 20.00 Uhr abends bis
08.00 Uhr 10 morgens und an Samstagen, Sonn- und
Feiertagen zusätzlich 11 von 12.00 Uhr mittags bis
15.00 Uhr schalldicht aufbewahrt werden."

CONNY

"Der erstickt dann doch!"

PETER

„Am Tag muss der Beklagte dafür sorgen, dass von
seinen Tieren keine störenden Geräusche zum
Nachbarn durchdringen. 50 dB dürfen nicht
überschritten werden."

CONNY

"Die stehen auf der Terrasse und messen deinen
Hahn? Unfassbar!"

PETER

"Und was mach´ ich jetzt?"

CONNY

"Die Hühner abgeben."

PETER

"Dann gibt´s keine Eier."

CONNY

"Hol´ Dir Zwerghühner. Vielleicht krähen die leiser?"

PETER

"Nee, die krähen ganz schrill."

CONNY

"Dann weiß ich auch nicht weiter."

PETER

"Du kennst doch immer einen Trick."

CONNY

"Aber jetzt?"

PETER

"Denk´ nach. Schließlich bedeutet der Name Conny so viel wie ´Ratgeber`".

CONNY

"Warte…"

PETER

"Na?"

CONNY

"Ich hab´s: Wachteln. Du hältst Dir Wachteln."

PETER

"Mensch Conny. Das ist es!"

CONNY

"Was?"

PETER

"Die Lösung: Hühner verschenken, Wachteln kaufen."

CONNY

"Genau!"

PETER

"Du hast eben ein ganz dickes Ei für mich gelegt!"

CONNY

"Was für ein Ei?"

PETER

"Na, das Ei des Kolumbus!"

20. Oktober: Weltstatistiktag

SFX GLOCKE LADENTÜR KLINGELT – CONNY KOMMT

CONNY

"Morgen Peter; alter Trödelfuzzi!"

PETER

"Tach Conny! Geht's gut?"

CONNY

"Nein. Du musst mir helfen!"

PETER

"Was ist passiert?"

CONNY

"Hilde geht fremd!"

PETER

"Hihi – machst Du doch auch mit Deiner Bianca."

CONNY

"Das ist doch ganz was anderes."

PETER

"Elf bis 16 Prozent aller Frauen gehen fremd."

CONNY

"Das ist bestimmt ein Kollege aus dem Supermarkt!"

PETER

"Elf Prozent lernen sich am Arbeitsplatz kennen."

CONNY

"Bestimmt irgendein Latin-Lover-Verkäufer!"

PETER

"48 Prozent träumen von einem schlanken, sportlichen Helden."

CONNY

"Vielleicht ist sie unzufrieden mit unserer Ehe?"

PETER

"Mehr als 40 Prozent sind unzufrieden mit ihrer Ehe und haben bereits über eine Scheidung nachgedacht."

CONNY

"Oder vielleicht reicht ihr der Sex mit mir nicht aus?"

PETER

Zehn Prozent sind völlig unzufrieden, 25 Prozent weniger zufrieden und 49 Prozent so lala zufrieden."

CONNY

"Vielleicht verdiene ich ihr zu wenig?"

PETER

"Verdient sie mehr als Du?"

CONNY

"Ja, leider!"

PETER

"20 Prozent streiten sich deswegen."

CONNY

"Vielleicht verbringe ich auch zu wenig Zeit mit ihr.

PETER

"Acht Prozent der Männer verbringen mehr als die Hälfte ihrer Freizeit mit der Partnerin. Durchschnittlich, versteht sich."

CONNY

"Kannst Du auch was anderes plappern als Statistiken?"

PETER

"Sicher!"

CONNY

"Ich will jetzt einen Tipp von Dir!"

PETER

"Trennt Euch doch einfach."

CONNY

"Hab´ ich auch schon überlegt."

PETER

"39,6 Prozent lassen sich scheiden."

CONNY

"Bei mir geht das aber nicht."

PETER

"Warum?"

CONNY

"Wegen Hildes Schmuck, Sparbüchern und Münzsammlung."

PETER

"Wieso, was ist denn damit?"

CONNY

"Liegt alles im Pfandhaus – hab´ ich versetzt."

PETER

"Scheidung muss man sich eben leisten können!"

CONNY

"Blödmann!"

27. Oktober: Welttag des audiovisuellen Erbes

SFX GLOCKE LADENTÜR KLINGELT – CONNY KOMMT

CONNY

"Morgen Peter; alter Trödelfuzzi!"

PETER

"Tach Conny! Geht's gut?"

CONNY

"Klar. Du, darf ich Dich mal was fragen?"

PETER

"Klar. Schieß los!"

CONNY

"Hast Du auch noch alte Filmaufnahmen, die Deine Eltern von Dir gemacht haben?"

PETER

"O ja – hab´ ich alle auf DVD überspielen lassen."

CONNY

"Ich auch. Die sind manchmal richtig gruselig!"

PETER

"Meine Mutter hat immer mit Spucke ihr Taschentuch nass gemacht..."

CONNY

"... und Dir damit den Mund abgewischt. Kenn´ ich!"

PETER

"Und der Abschiedskuss bei der Einschulung..."

CONNY

"...vor allen Kindern!"

PETER

"Bei Familienfeiern wurde immer in meinem Beisein Erzählt, wie ich stubenrein wurde..."

CONNY

"...und dann kam der kleine Connylein mit seinem Töpfchen und hat uns allen sein..."

PETER

"...AA gezeigt. Mannomann – echt furchtbar, oder?"

CONNY

"Stimmt! Ich finde wir sollten uns die Filme mal zusammen anschauen."

PETER

"Hm."

CONNY

"Wie wäre es mit heute Abend?"

PETER

"Jetzt wo Du es sagst – ist glaube ich keine gute Idee."

CONNY

"Schade. (Pause) Nee, sagt bloß Du hast auch…"

PETER

"Ja - mit Puppen gespielt!"

CONNY

"Mädchen!"

PETER

"Und Du?"

CONNY

(kleinlaut) "Ich auch."

PETER

"Selber Mädchen! Und jetzt?"

CONNY

"Ich komme heute Abend mit der DVD, ´nem Sixpack Weizen und ´ner Flasche Korn vorbei."

PETER

"Und dann?"

CONNY

"Dann machen wir ´nen Mädels Abend!"

PETER

"Spinner!"

30. Oktober: Weltspartag

SFX GLOCKE LADENTÜR KLINGELT – CONNY KOMMT

CONNY

"Morgen Peter; alter Trödelfuzzi!"

PETER

"Tach Conny! Setz´ Dich, bin gleich fertig."

CONNY

"Das ist ja ein Riesensparschwein!"

PETER

"Bei jedem Verkauf kommt ein Euro rein. Komme gerade von der Bank. Es waren mehr als 500 Euro drin."

CONNY

"Peter, Du musst mir unbedingt helfen."

PETER

"Was gibt´s?"

CONNY

"Meine Schwiegermutter hat morgen Geburtstag."

PETER

"Und?"

CONNY

"Hilde trägt bei solchen Anlässen immer ihre wertvolle Perlenkette."

PETER

"Ja und?"

CONNY

"Ich hab´ sie versetzt."

PETER

"Im Pfandhaus?"

CONNY

"Und wenn Hilde morgen merkt, dass die Kette nicht mehr da ist dann..."

PETER

"...kriegst Du den Hintern voll, stimmt´s?"

CONNY

"Und wie. Ich kriege Ärger ohne Ende. Du musst mir helfen! Bitte!"

PETER

"Und wie?"

CONNY

"Bitte leihe mir 500 Euro. Dann löse ich die Kette aus und Hilde merkt nix."

PETER

"Könnte ich machen aber..."

CONNY

"Bitte! Das ist echte Erste Hilfe!"

PETER

"Wann krieg´ ich das Geld denn wieder?"

CONNY

"Na gleich übermorgen."

PETER

"Wie das denn?"

CONNY

"Hilde trägt die Kette doch nur zu besonderen Anlässen. Ich kann sie doch wieder…"

PETER

"Nä!"

CONNY

"…ins Pfandhaus bringen."

PETER

"Fiesling! Hier ist das Geld."

1. November: Weltvegantag

SFX GLOCKE LADENTÜR KLINGELT – CONNY KOMMT

CONNY

"Hallo Peter! Hier kommt Dein Pizzadienst!"

PETER

"Tach CONNY! Oh – Wie kommt´s?"

CONNY

"Meine Hilde kocht heute Abend vegan."

PETER

"Ach soo."

CONNY

"Da ist mir ´ne Salamipizza lieber."

PETER

"Vegan kann doch lecker sein. Welche Pizza ist für mich?"

CONNY

"Hier, Deine Pizza ist vegan."

PETER

"Oh – schade. Salami wäre auch gut gewesen. Na ja, für die vegane Küche muss kein Tier leiden."

CONNY

"Na ja…."

PETER

"Wenn Du ein Pferd hättest, würdest Du das essen?"

CONNY

"Nee, natürlich nicht."

PETER

"Oder ein niedliches Minischwein?"

CONNY

"Nein, auch nicht."

PETER

"Oder wenn du ´ne Nachtigall hättest oder ´ne Singdrossel?"

CONNY

"Nein."

PETER

"Das essen Franzosen und Italiener. Und Deinen
Hund?"

CONNY

"Wer isst denn Hunde?"

PETER

"Die Asiaten. Und Deine Katze?"

CONNY

"Minka? Niemals würde ich die schlachten!"

PETER

"Asiaten machen Fleischbällchen draus. Peruaner
auch. Die essen sogar Meerschweinchen, gegrillt als
Hochzeitsmahl."

CONNY

"Bä! Würde ich niemals!"

PETER

"Engländer essen Grauhörnchen."

CONNY

"Pfui Spinne!"

PETER

"Schotten Schafsmagen. Und die Chinesen Affenhirn."

CONNY

"Hör auf, mir wird schlecht."

PETER

"Lebendige Frösche und Schlangen kommen in China auf den Tisch – werde im Restaurant vor Deinen Augen gekillt. Zucken aber noch ein bisschen beim Kauen."

CONNY

"Hör auf. Das ist ja schlimm!"

PETER

"Dann iss doch wie die Westafrikaner…"

CONNY

"Wieso, was essen die denn?"

PETER

"Gegrillte Fledermaus!"

CONNY

"Jetzt hab´ich keinen Hunger mehr."

PETER

"Schade. Ich esse jetzt meine Pizza. Völlig vegan!"

CONNY

"Nee, nee. Wir tauschen. Ich esse heute vegan!"

PETER

"Na geht doch!"

CONNY

"Blödmann!"

3. November —— **Weltmännertag**

SFX GLOCKE LADENTÜR KLINGELT – CONNY KOMMT

CONNY

"Morgen Peter; alter Trödelfuzzi!"

PETER

"Tach CONNY! Geht's gut?"

CONNY

"Ja. Du, darf ich Dich mal was fragen?"

PETER

„Klar."

CONNY

„Bist Du eigentlich ein ganzer Mann?"

PETER

„Wie? Ein ganzer Mann?"

CONNY

„Na, so wie John Wayne. Du stehst zu Deinem Wort!"

PETER

„Klar!"

CONNY

„Du unterstützt die Schwachen. Kämpfst für ihre Rechte."

PETER

„Schon."

CONNY

„Du bist der Herzbube bei Frauen."

PETER

„Hmmm."

CONNY

„Du könntest jede haben."

PETER

„Möglich."

CONNY

„Du hast einen aufregenden Beruf. Der macht Frauen total an."

PETER

„Ich bin Pädagoge."

CONNY

„Dann eher nicht."

PETER

„Wieso? Ich habe sogar ein Diplom."

CONNY

„Dann bist Du ein ganzer Mann!"

PETER

„Wieso das denn?"

CONNY

„Dann bist Du sogar Diplomat!"

PETER

„Spinner!"

9. November: Erfindertag

SFX GLOCKE LADENTÜR KLINGELT – CONNY KOMMT

CONNY
„Morgen Peter; alter Trödelfuzzi!"

PETER

„Tach CONNY! Geht's gut?"

CONNY

„Klar! Sag´ mal, hast Du schon mal was erfunden?"

PETER

„Wie, erfunden?"

CONNY

„Na, ´ne Erfindung gemacht."

PETER

„Nee. Du?"

CONNY

„Ja. Und hier drin ist meine Erfindung!"

SFX KLIMPERN IN EINEM BEUTEL

PETER

„Was ist das denn?"

CONNY

„Meine Erfindung wird die Welt der
zwischenmenschlichen Beziehungen revolutionieren!"

PETER

(lacht) „Na klar!"

CONNY

„Dating-Apps werden überflüssig. Meine Erfindung
sorgt für Beziehungshydraulik!"

PETER

„Nun zeig´ schon!"

CONNY

„Und wir werden reich damit. Jeder will sie und nur Du
verkaufst sie."

PETER

„Was ist das denn? Los, auf den Tisch damit!"

CONNY

„Tatarataaa! Hier hast Du sie."

SFX KLIMPERND FALLEN BUTTONS AUF DEN
LADENTRESEN.

PETER

(lacht) „Das sind ja bloß Ansteckbuttons!"

CONNY

„Bloß? Was steht drauf?"

PETER

„Ich bin noch zu haben. Das ist alles?"

CONNY

„Reicht doch. Jeder, der unseren Button trägt, zeigt,
dass er auf Partnersuche ist. Und wenn sich zwei mit
Button treffen: Bingo!"

PETER

„Eigentlich gar keine schlechte Idee."

CONNY

„Kostet im Verkauf 2,50€. Du kriegst einen und ich den Rest. Dafür stelle ich die her.“

PETER

„Ich könnte die an die Pinnwand gleich neben der Ladentür stecken.“

CONNY

„Genau so! Abgemacht?“

PETER

„Abgemacht.“

CONNY

„Schau hier. Für Dich habe ich einen ganz besonderen Button gemacht.“

PETER

„Zeig mal. Was steht denn da drauf?“

CONNY

„Ich bin verheiratet.“

PETER

„Gemeiner Spinner!"

27. November: Kauf-Nix-Tag

SFX GLOCKE LADENTÜR KLINGELT – CONNY KOMMT

CONNY

„Morgen Peter; alter Trödelfuzzi!"

PETER

„Tach CONNY. Gut, dass Du da bist!"

CONNY

„Was is´n los? Dein Schaufenster ist ja fast leer. Wo sind all die Kleider und Hemden hin?"

PETER

Bis eben ging es hier zu wie im Taubenschlag:
Meine Kunden haben mich regelrecht überrannt."

CONNY

„Und die Kasse klingelt!"

PETER

„Und wie! Sonst habe ich vielleicht 20 Leute am Tag. Heute bis Mittag schon 150. Klamotten weg, Bücher weg, sogar die zwölf ollen Bundeswehrstiefel…alles verkauft!"

CONNY

„Klasse gemacht!"

PETER

„Ich versteh das nicht."

CONNY

„Ich schon!"

PETER

„Hä? Wieso?"

CONNY

„Heute ist KAUF-Nix-Tag!"

PETER

„Du spinnst. Die kaufen doch."

CONNY

„Schau hier: Wikipedia sagt: Am Kauf-Nix-Tag soll zum
Nachdenken über das eigene Konsumverhalten
angeregt werden. Na, kapierst Du´s jetzt?"

PETER

„Nee."

CONNY

„Weiter heißt es ´Ein bewusstes, auf Nachhaltigkeit
abzielendes Kaufverhalten soll gefördert werden.`
Das heißt?"

PETER

„Ja?"

CONNY

„Gebrauchte Klamotten sind in, weil nachhaltig!
Klaro?"

PETER

„Ach deshalb. Jetzt hab ich´s kapiert. Gebraucht
verkauft sich gut, meinst Du?"

CONNY

„Sicher. Siehst Du doch."

PETER

„Dann weiß ich schon was ich in das leergefegte Schaufenster stellen kann."

CONNY

„Was denn?"

PETER

„Meine Frau!"

9. Dezember: Kinder-Fernsehtag

SFX GLOCKE LADENTÜR KLINGELT – CONNY KOMMT

CONNY

„Morgen Peter; alter Trödelfuzzi!"

PETER

„Tach CONNY! Geht's gut?"

CONNY

„Klar. Ist Deine Frau hier?"

PETER

„Nein. Warum?"

CONNY

„Sag mal, zu Dir in den Laden kommen doch auch viele junge hübsche Frauen?"

PETER

„Oh ja! Viele tolle Mädels kommen zu mir."

CONNY

„Schaust Du denen oft hinterher?"

PETER

„Klar! Ich sehe sie mir ganz genau an."

CONNY

„Vielleicht kennst Du ja die Heidi. Die sieht top aus!"

PETER

„Ist das so´ne Blonde mit kurzem Rock?"

CONNY

„Nee. Schwarzhaarig mit ´nem roten Kleid."

PETER

„Hab´ jetzt kein Bild vor Augen."

CONNY

„Und Daisy, kennst Du die?"

PETER

„Ne, wie sieht die aus?"

CONNY

„Echt rassig. Mit Hackenschuhen, hellblauem Top und rosa Schleifchen im Haar."

PETER

„Haarfarbe?"

CONNY

„Braun, mittellang."

PETER

„Kenne ich nicht."

CONNY

„Aber Kim kennst Du bestimmt. Lange rote Haare, graue Hose und knallengen schwarzen Pulli. Bauchfrei - sehr sexy!"

PETER

„Ganz schön gemein. Ich sitze hier im Laden fest und Du lernst draußen die tollsten Frauen kennen."

CONNY

„Ronja solltest Du sehen. Lange dunkelblonde Haare, braune Knopfaugen, bildschön!"

PETER

„Ich will die auch kennen lernen!"

CONNY

„Mit Ronja war ich gestern zusammen."

PETER

„Die war bei Dir zu Hause?"

CONNY

„Klar. Wir sind uns verdammt nahegekommen."

PETER

„Oh Mann!"

CONNY

„Wir sahen uns tief in die Augen..."

PETER

„Und dann?"

CONNY

„War es auch schon schnell vorbei. Viel zu schnell."

PETER

„Tja, in Deinem Alter. Und jetzt?"

CONNY

„Heute treffe ich mich mit Mary. Trägt gerne Kleider und Hütchen."

PETER

„Wo triffst Du die denn?"

CONNY

„Bei mir zu Hause. 16 Uhr."

PETER

„Ich mache den Laden früher zu. Ich komme vorbei.“

CONNY

„Toll. Mit Dir wollte ich immer schon einmal…“

PETER

„Was?“

CONNY

„… Kinderfernsehen schauen!“

PETER

„Blödmann!“

21. Dezember: Welt--Orgasmus-Tag

SFX GLOCKE LADENTÜR KLINGELT – CONNY KOMMT

CONNY

„Morgen Peter; alter Trödelfuzzi!“

PETER

„Tach CONNY! Geht's gut?“

CONNY

„Klar. Du, darf ich Dich mal was fragen?"

PETER

„Moment – ich muss hier noch…"

CONNY

„Wusstest Du, dass Frauen multiple Orgasmen haben können?"

PETER

„Hm." (tippt auf Tastatur)

CONNY

„Eine Teilnehmerin einer Studie hatte innerhalb einer Stunde 162-mal einen Orgasmus."

PETER

„Hm."

CONNY

„Ihr Partner kam dabei 126-mal."

PETER

(hört auf zu schreiben) „Was?"

CONNY

„Genau! Jede dritte Frau kriegt gar keinen Orgasmus."

PETER

„Hm. Irgendwie ungerecht."

CONNY

„Die Orgasmus-Häufigkeit bei Frauen steigt mit dem Einkommen ihres Partners."

PETER

„Na dann ist es ja kein Wunder…"

CONNY

„Was?"

PETER

„Dass ein Drittel keinen Orgasmus kriegen!"

CONNY

„Wieso?"

PETER

„Es gibt nicht genug reiche Männer!"

CONNY

„Männer kommen meistens. Zehn Prozent aber gar nicht."

PETER

„Hm." (tippt wieder)

CONNY

„Sechs Millionen Männer sind impotent!"

PETER

„Hm." (tippt wieder)

CONNY

„Und fast ein Drittel kommt zu früh! Fast jeder Dritte!"

PETER

„So wie Du heute."

CONNY

„Woher weißt Du das denn?"

PETER

(lacht) „Interessant. Ich meinte, Du bist zu früh gekommen. Ich war noch nicht fertig mit meiner Buchhaltung.“

CONNY

„Spinner!“

7. Januar: Tag des alten Gesteins

SFX GLOCKE LADENTÜR KLINGELT – CONNY KOMMT

CONNY

„´N Abend Peter; alter Trödelfuzzi!“

PETER

„´N Abend Conny! Ich mach´ gleich zu. Ist schon nach sechs 8 Uhr!“

CONNY

„Peter, Du musst mir unbedingt helfen.“

PETER

„Was ist los?“

CONNY

„Kann ich bei Dir hier übernachten?"

PETER

„Warum das denn?"

CONNY
„Hilde hat mich vor die Tür gesetzt."

PETER

„Warum? Hat sie von Bianca erfahren?"

CONNY

„Nein. Ich habe daheim den Tisch feierlich gedeckt."

PETER

„Sie weiß, dass Du seit Wochen krankgeschrieben bist.
Du aber tust jeden Morgen so, als gehst Du zur Arbeit.
Stattdessen bist Du bei Bianca."

CONNY

„Nein. Dann habe ich meinen besten Anzug
angezogen."

PETER

„Sie hat von Deinen drei überzogenen Kreditkarten erfahren?"

CONNY

„Nein. Dann habe ich italienisches Essen bestellt."

PETER

„Sie hat entdeckt, dass Du ihren Schmuck ins Pfandhaus geschleppt hast?"

CONNY

„Nein. Danach habe ich für sie einen Strauß rote Rosen geholt."

PETER

„Du bist gekündigt worden?"

CONNY

„Quatsch. Für die Rosen wählte ich die beste Vase aus. Hildes Lieblings-CD habe ich dann eingelegt."

PETER

„Nu´ weiß ich auch nicht mehr weiter."

CONNY

„Schnell noch zwei frische Kerzen auf den Tisch. Dann kam sie von der Arbeit nach Hause."

PETER

„Und dann?"

CONNY

„Sie war völlig baff. Ob sie den Hochzeitstag vergessen hätte, wollte sie wissen."

PETER

„Und?"

CONNY

„Nein. ´Wegen Deinem Ehrentag habe ich das alles für Dich vorbereitet`, hab´ ich ihr gesagt."

PETER

„Ehrentag?"

CONNY

„Das hat sie mich auch gefragt. Dann hab´ ich ihr´s erzählt."

PETER

„Und welcher?"

CONNY

„´Schatzi`, hab´ ich zärtlich gesagt..."

PETER

„Was denn?"

CONNY

„Heute ist der Tag des alten Gesteins!"

PETER

„Fiesling!"

10. Januar: Tag der Blockflöte

SFX GLOCKE LADENTÜR KLINGELT – CONNY KOMMT

CONNY

„Morgen Peter; alter Trödelfuzzi!"

PETER

„Tach CONNY! Geht's gut?"

CONNY

„Klar. Du, darf ich Dich mal was fragen?"

PETER

„Was gibt´s?"

CONNY

„Bist Du zufrieden mit Deinem Umsatz hier im Trödelladen?"

PETER

„Nee. Mehr wäre besser!"

CONNY

„Ich weiß, wie Du das schaffst!"

PETER

„Echt. Verrat´s mir!"

CONNY

„´Marketing` heißt das Zauberwort."

PETER

„Und wie?"

CONNY

„Wir machen Aktionen, die Kunden in den Laden
ziehen.“

PETER

„Und wie machen wir das?“

CONNY

„Hast Du Märchenbücher irgendwo im Regal?“

PETER

„Bestimmt. Schau mal da hinten!“

CONNY

„Hab´ schon eins. Passt doch!“

PETER

„Und nu`?“

CONNY

„Jetzt kommt mein Zauberstab zum Einsatz? Schau
hier!“

PETER

„´Ne Blockflöte. Das soll Dein Zauberstab sein?"

CONNY

„Klar! Wir veranstalten Märchenlesungen für Kinder.
Dazu spiele ich auf der Blockflöte die passenden
Lieder."

PETER

„Aha!"

CONNY

„Ja. So richtig Multimedia. Das kommt an, ich
versprech´s Dir."

PETER

„Glaubst Du!"

CONNY

„Ja. Das lockt Muttis mit Kindern her. Und bei Dir
klingelt dann die Kasse."

PETER

„Ah ja?"

CONNY

„Zu Hänsel und Gretel spiele ich zum Beispiel das:"

SFX BLOCKFLÖTENSPIEL HÄNSEL UND GRETEL

PETER

„Reicht schon. Hör auf damit!"

CONNY

„Was?" (spielt weiter)

PETER

„Stopp!"

CONNY

„Und zu Dornröschen das hier: „

SFX BLOCKFLÖTENSPIEL DORNRÖSCHEN

PETER
„Hör damit auf. Ich hab´s verstanden."

CONNY

„Und? Was sagst Du?"

PETER

„Eine Sache gefällt mir."

CONNY

„Welche?"

PETER

„Dass Du keine Geige zum Vorspielen mitgebracht hast!"

CONNY

„Fiesling!"

16. Januar 2021: Tu-nichts-Tag

SFX GLOCKE LADENTÜR KLINGELT – CONNY KOMMT

CONNY

„Morgen Peter; alter Trödelfuzzi!"

PETER

„Tach CONNY! Geht's gut?"

CONNY

„Jepp. Du, darf ich Dich mal was fragen?"

PETER

„Klar. Raus damit!"

CONNY

„Was machst Du heute?"

PETER

„Nichts. Ich sitze hier rum und warte auf Kunden."

CONNY

„Prima. Ich mache sofort mit!"

PETER

„Hast Du heute noch was vor?"

CONNY

„Nee, nichts."

PETER

„Hast Du´s gut. Ich muss hier im Laden rumsitzen."

CONNY

„Aber wir machen doch nichts."

PETER

„So besehen…"

CONNY

„Nichts tun gefällt mir richtig gut."

PETER

„Mir eigentlich auch."

CONNY

„Na dann los?"

PETER

„Wie - los?"

CONNY

„Einfach nichts machen."

PETER

„Mach´ ich doch."

CONNY

„Das ist gesund. Und gut!"

PETER

„Wofür das denn?"

CONNY

„Für Deine innere Ruhe."

PETER

„Bin doch ruhig."

CONNY

„Wir entspannen uns."

PETER

„Total!"

CONNY

„Du darfst auch nichts denken."

PETER

„Ich denke aber!"

CONNY

„Woran denn?"

PETER

„An den heutigen Tagesumsatz."

CONNY

„Das ist gut!"

PETER

„Wieso das denn?"

CONNY

„Dann denkst Du ja an Nichts!"

PETER
„Spinner!"

16. Januar: Tag des deutschen Schlagers

SFX GLOCKE LADENTÜR KLINGELT – CONNY KOMMT

CONNY

„Hallo Peter; alter Trödelfuzzi!"

PETER

„Tach CONNY! Geht's gut?"

CONNY

„Hmm. Wo hast Du hier die gebrauchten Schallplatten?"

PETER

„Hinten rechts im Regal."

CONNY

„Toll, sind ja jede Menge!"

PETER

„Ich mach´ bald Urlaub. Drei Wochen!"

CONNY

„Wahnsinn!"

PETER
„Ja. Ich freu´ mich auch schon."

CONNY

„Ein bisschen Spaß muss sein!"

PETER

„Genau! Ich weiß noch nicht wohin. Hast Du ´nen Tipp?“

CONNY

„Am weißen Strand von San Angelo.“

PETER

„Wo ist das denn?“

CONNY

„Santa Maria.

PETER

„Oh Karibik! Gute Idee!“

CONNY

„Ein Schiff wird kommen.“

PETER

„Nö, dahin fliegt man doch.“

CONNY

„Über den Wolken. Leichtes Gepäck.“

PETER

„Hast recht. Da ist ja warm."

CONNY

„Ein Stern!"

PETER

„Laue Nächte am Strand."

CONNY

„Ich liebe das Leben."

PETER

„Vielleicht lerne ich ja ´ne tolle Braut kennen."

CONNY

„Die Gefühle haben Schweigepflicht."

PETER

„Wieso? Meine Frau bleibt doch hier. Sie kümmert sich um den Laden – ich mache Party."

CONNY

„Ich glaub es geht schon wieder los!"

PETER

„Das ist schon lange her. Wird endlich Zeit!"

CONNY

„Sieben Fässer Wein."

PETER

„Nicht gleich übertreiben!"

CONNY

„Jenseits von Eden."

PETER

„Hä? Wie meinst Du das denn?"

CONNY

„Hier, die sieben LPs nehme ich."

PETER

„Macht 10,50 Euro. Und danke für Deinen Karibik-Tipp. Ich buche heute noch."

CONNY

„Ich werde lächeln, wenn Du gehst."

PETER

„Du alter Schlager-Fuzzie!"

CONNY

„Er gehört zu mir."

24. Januar: Tag der Komplimente

SFX GLOCKE LADENTÜR KLINGELT – CONNY KOMMT

CONNY

„Morgen Peter; alter Trödelfuzzi!"

PETER

„Tach Conny! Setz´ Dich, bin hier gleich fertig."

CONNY

„Was machst Du?"

PETER

„Buchführung. Mann, was ist denn mit Deinem Gesicht los?"

CONNY

„Meine Backe tut mir weh!"

PETER
„Die ist ja knallrot! Wie ist das passiert?"

CONNY

„Ach hör´ bloß auf! Ich war drüben im Park."

PETER

„Und?"

CONNY

„Auf ´ner Bank saß eine bildschöne junge Frau. Lange lockige Haare bis auf ihre…"

PETER

„Kann´s mir denken. Weiter!"

CONNY

„Ich hab´ mich neben sie gesetzt. Sie las in einem Buch."

PETER

„Weiter!"

CONNY

„Ich hab´ ihr gesagt wie hübsch sie ist.“

PETER

„Und sie?“

CONNY

„Nix – keinen Ton.“

PETER

„Und Du?“

CONNY

„Hab´ sie dann gefragt, was für ein Buch sie liest.“

PETER

„Und dann?“

CONNY

„Hat sie das Buch zugeklappt und gesagt mich geht das nix an.“

PETER

„Und Du bist dann weitergegangen?“

CONNY

„Nein, dann hab´ ich meinen größten Anmachhammer rausgeholt!"

PETER

„Nein, welchen denn?"

CONNY

„Den Hundefreund. Ich schaute sie an und verriet ihr, dass ich ein ausgesprochener Hundefreund bin."

PETER

„Was sagte sie dazu?"

CONNY

„Nix. Als ich fragte ob ich mich um ihre beiden süßen Möppse kümmern dürfte…"

PETER

„Ja…..?"

CONNY

„…dann machte es „Patsch" und ich hatte ihr Buch im Gesicht."

PETER

„Was war das denn für ein Buch?"

CONNY

„Es hieß ´Schlagfertigkeit für Frauen`."

14. Februar: Tag der Ehe

SFX GLOCKE LADENTÜR KLINGELT – CONNY KOMMT

CONNY

„Morgen Peter; alter Trödelfuzzi!"

PETER

„Tach Conny! Geht's gut?"

CONNY

„Sag mal Peter, bist Du schon mal fremdgegangen?"

PETER

„Nein. Du?"

CONNY

„Und hast Du Dich schon mal in eine andere verliebt?"

PETER

„Nein, und Du?"

CONNY

„Gestern Abend."

PETER

„Erzähl´ schon!"

CONNY

„Blaue Augen zum drin versinken. Lange blonde Haare und ein Gesicht wie ein Engel."

PETER

„Und?"

CONNY

„Ihre Haut war wie Samt, vorsichtige kleine Lachfältchen säumten ihren großen Mund."

PETER

„Schön!"

CONNY

„Volle blutrote Lippen. Sie öffneten sich nur für einen sanften Hauch. Ich stellte mir vor, dass sie…"

PETER

„Weiter, red´ weiter!"

CONNY

„Über ihre festen Brüste schmiegte sich ein enges bauchfreies Top."

PETER

„Und weiter?"

CONNY

„Ihr süßer kleiner Bauchnabel lächelte mich an."

PETER

„Ich kann´s mir sehr gut vorstellen."

CONNY

„Unter dem engen blauen Rock musste sie ein
Paradies versteckt haben."

PETER

„Oh Mann!"

CONNY

„Dann schaute ich an ihr runter. Endlos lange Beine…"

PETER

„Ein Prachtweib!"

CONNY

„Ihre frechen Zehen waren blutrot lackiert. Sie
bewegten sich zaghaft in den roten Sandalen."

PETER

„Was war dann?"

CONNY

„Dann zwinkerte sie mir zu."

PETER

„Und Du?"

CONNY

„Ich lächelte zurück."

PETER

„Ja, weiter!"

CONNY

„Ich sah ihre langen schlanken Finger. Sie forderten
mich auf endlich näher zu kommen."

PETER

„Und was war dann?"

CONNY

„Das Tier in mir brüllte: ´Geh´ zu ihr! Nimm´ Sie Dir!`"

PETER

„Und Du?"

CONNY

„Dann schaltete ich den Fernseher aus und küsste meine Frau."

PETER

„Blödmann!"

6. März: Tag der Tiefkühlkost

SFX GLOCKE LADENTÜR KLINGELT – CONNY KOMMT

CONNY

„Hallo Peter; alter Trödelfuzzi!"

PETER

„Tach CONNY! Was ist los? Du strahlst ja richtig!"

CONNY

„Stell Dir vor: Ich habe heute gekocht!"

PETER

„Toll! Was gab´s denn?"

CONNY

„Spinat mit Spiegelei und Kartoffeln. Ganz lecker!"

PETER

(lacht) „Und total kompliziert!"

CONNY

„Gar nicht. Spinat aus der Kühlung, rein in den Topf und immer rühren, sonst kommt der Blubb."

PETER

„Ist doch simpel!"

CONNY

„Mach das erst mal. Wann hast Du denn das letzte Mal gekocht, hm?"

PETER

„Gestern. Wokgemüse mit Reis."

CONNY

„Wie geht das denn?"

PETER

„Ganz einfach: Brokkoli, Karotten, Blumenkohl,
Lotuswurzel, Kartoffeln, Pastinaken, Spargel, Paprika,
Bohnen, Zucchini, Pilze, Erbsen, Zuckerschoten,
Aubergine, Wasserkastanie und Mais, waschen,
schnibbeln und bissfest dämpfen. Reis im Kochbeutel
zwölf Minuten kochen. Zack: fertig ist das gesunde
Essen!"

CONNY

„Und das kannst Du? Ich meine – ich kenne noch nicht
mal alle 16 Gemüsesorten, die Du aufgezählt hast."

PETER

„Sicher! Yes I can!"

CONNY

„Mannomann – so gut möchte ich auch kochen
können."

PETER

„Tja! Wer hat, der kann!"

CONNY

„Und wo hast Du das gelernt?"

PETER

„Im Supermarkt!"

CONNY

„Was?"

PETER

„Das Wok-Gemüse gibt es da fertig im Beutel. Frisch und tiefgekühlt!"

CONNY

„Blödmann!"

8. März: Internationaler Frauentag

SFX GLOCKE LADENTÜR KLINGELT – CONNY KOMMT

CONNY

„Morgen Peter; alter Trödelfuzzi!"

PETER

„Tach CONNY! Geht's gut?"

CONNY

„Klar. Würdest Du nochmal heiraten?"

PETER

„Hä? Wieso?"

CONNY

„Weil ich es einfach wissen will. Los, nu sag schon!"

PETER

„Nö, würd´ ich nicht!"

CONNY

„Echt nicht?"

PETER

„Warum sollte ich?"

CONNY

„Weil es doch so ein schöner Tag ist!"

PETER

„Hmm."

CONNY

„Alle Freunde feiern mit."

PETER

„Hmm."

CONNY

„Es gibt feines Essen."

PETER

„Hmm."

CONNY

„Und Trinken ohne Ende."

PETER

„Hmm."

CONNY

„Und dann die Hochzeitsnacht!"

PETER

„Hmmm! Hmmmmm!"

CONNY

„Mit Deiner heißen Braut…"

PETER

„Hmmm! Hmmmmm!"

CONNY

„Du schälst sie genüsslich aus dem Kleid,
öffnest Stück für Stück die Korsage…"

PETER

„Hmmm! Hmmmmm!"

CONNY

„Sie liegt nackt vor Dir und ihr liebt Euch dann die
ganze Nacht."

PETER

„Hmmmmmmmmmmmmmmmmmm!
Hmmmmmmmmmmmmmm!"

CONNY

„Und am Morgen danach gleich nochmal…"

PETER

„Hmmmmmmmmmmmmm!
Hmmmmmmmmmmmmmmmmmmmmmmmm!"

CONNY

„...und dann beginnt Euer glückliches Leben in
leidenschaftlicher Zweisamkeit..."

PETER

(schluchzt) „Hör auf. Hör sofort auf!"

SFX PETER SCHREIBT ETWAS

CONNY

„Was schreibst Du da?"

PETER

„Da. Lies!"

CONNY

„Keine Brille bei. Les´ vor!"

PETER

(leise) „Ich kann Dir nicht antworten. Meine Frau ist
hinten in Büro."

CONNY

(kichert) „Ich geh dann mal besser. Viel Spaß mit Deiner Zweisamkeit."

21. März: Internationaler Tag des Puppenspiels

SFX GLOCKE LADENTÜR KLINGELT – CONNY KOMMT

CONNY

„Morgen Peter; alter Trödelfuzzi!"

PETER

„Tach Conny! Geht's gut?"

CONNY

„Klar. Rate mal, was ich am Wochenende mache?"

PETER

„Und?"

CONNY

„Einen Handpuppenspiel-Workshop."

PETER

„Puppenspiel? Du? Warum?"

CONNY

„Ich mache mich mit einem Puppentheater
selbständig."

PETER

(lacht) „So so."

CONNY

„Zuerst schreibe ich ein Stück. Dann baue ich die
Puppen."

PETER

„Bestimmt."

CONNY

„Ein Flyer mit Fotos wird 2.000-mal gedruckt. Dann
kaufe ich Briefumschläge und alles geht zur Post an
Kindergärten."

PETER

„Ruck-Zuck!"

CONNY

„Daheim baue ich die Puppenbühne auf und probe.

PETER

„Doch schon?“

CONNY

„Nach zwei Tagen rufen die Ersten an und engagieren mich. Nach dem dritten Tag bin ich fürs ganze Jahr ausgebucht.“

PETER

„Voller Erfolg!“

CONNY

„Die Generalprobe mache ich gleich vor Publikum. Am Ende des Stücks rasen sie vor Begeisterung.“

PETER

„Sicher-sicher.“

CONNY

„Wenn alle weg sind, zähle ich meine Kasse aus.“

PETER

„Jetzt aber!"

CONNY

150 Kinder mal acht Euro: Das sind 1200 Euro in nur
einer Stunde. Im Jahr verdiene ich dann..."

PETER

„Jetzt reichts. Du bist verrückt!"

CONNY

„...438.000 Euro."

PETER

„Is´ klar!"

CONNY

„Ja: Ich werde ein erfolgreicher Puppenspieler!"

PETER

„Hmm."

CONNY

„Na, was sagst Du?"

PETER

„Die Wahrheit?"
CONNY

„Ja, die Wahrheit! Nichts anderes."

PETER

„Ich finde Du solltest ein…"

CONNY

„Ja?"

PETER

„…Märchenerzähler werden. Das kannst Du viel besser."

CONNY

„Blödmann!"

23. April: Tag des Bieres

SFX GLOCKE LADENTÜR KLINGELT – CONNY KOMMT

CONNY

„Morgen Peter; alter Trödelfuzzi!"

PETER

„Tach CONNY! Geht's gut?"

CONNY

„Klar. Und Du, bist Du eigentlich glücklich?"

PETER

„Blöde Frage."

CONNY

„Nu sach schon. Bist Du glücklich?"

PETER

„Was heißt schon glücklich?"

CONNY

„Du fühlst Dich gut."

PETER

„Na ja."

CONNY

„Bist zufrieden und hast Dein Leben fest in der Hand."

PETER

„Weiß nicht."

CONNY

„Hast keine Geldsorgen."

PETER

„Hmm."

CONNY

„Hast viele Freunde."

PETER

„Hmmmm."

CONNY

„Bist gesund."

PETER

„Hmmmmm?"

CONNY

„Führst eine großartige Ehe."

PETER

„Hmmmm. (schnieft)

CONNY

„Hast fantastischen Sex."

PETER

(schnieft noch mehr)

CONNY

„Brauchst keine Geliebte."

PETER

(putzt sich die Nase) „Du bist gemein!"

CONNY

„Wieso?"

PETER

„Du machst mich unglücklich."

CONNY

„Warum?“

PETER

(schluchzt bitterlich)

CONNY

„Warte mal, ich hab´ da was.“

SFX FLASCHEN KLIRREN – BIERFLASCHE WIRD
GEÖFFNET

„Prost!“

PETER

„Ahhhhh! Jetzt bin ich wieder glücklich!“

CONNY

„Siehst Du: Weizenbier wirkt bei Dir!“

8. Mai: Fischbrötchentag

SFX GLOCKE LADENTÜR KLINGELT – CONNY KOMMT

CONNY

„Morgen Peter; alter Trödelfuzzi!"

PETER

„Tach CONNY! Geht's gut?"

CONNY

„Klar. Wie geht es Deinen Goldfischen?"

PETER

„Bestens! Schau doch drüben ins Aquarium. Die haben sich kräftig vermehrt. Drei hab´ ich sogar verkauft. Drin sind noch fünf."

CONNY

„Und Du fütterst sie auch gut?"

PETER

„Natürlich! Warum fragst Du?"

CONNY

„Ach nur so.“

PETER

„Was ist denn mit meiner Überraschung?“

CONNY

„Die steckt hier drin.“

SFX RASCHELN BRÖTCHENTÜTE

PETER

„Ah, lecker. Belegte Brötchen!“

CONNY

„Hmm.“

PETER

„Das ist echt nett von Dir. Weißt Du was? Ich gehe nach hinten und koche uns einen Kaffee dazu.“

CONNY

„Gute Idee! Bis gleich!“

SFX RASCHELNDER TÜTE, BRÖTCHEN PLATSCHT INS AQUARIUM

„Na ihr fünf Goldschätzchen. Guten Appetit wünsche ich Euch."

PETER

„Hier, Deine Tasse!"
CONNY

„Danke!"

PETER

„Wo sind denn die Brötchen?"

CONNY

„Hmm."

PETER

„Nu sag schon. Hab´ Hunger!"

CONNY

„Im Aquarium. Die waren für Deine Goldfische."

PETER

„Du spinnst wohl. Hol´ die sofort wieder raus!"

CONNY

„Nein, die müssen drinbleiben!"

PETER

„Wieso das denn?"

CONNY

„Heute ist doch Fischbrötchentag!"

PETER

„Spinner!"

1. August: Tag des Mittelfingers

SFX GLOCKE LADENTÜR KLINGELT – CONNY KOMMT

CONNY

„Morgen Peter; alter Trödelfuzzi!"

PETER

„Tach Conny, setzt Dich. Hab´ noch zu tun."

CONNY

„Was treibst Du da?"

PETER

„Buchführung. Oh Mann – ich seh´ überall nur noch Zahlen."

CONNY

„Zahlen sind wichtig. Hab´ auch welche mitgebracht."

SFX CONNY LEGT BLATT PAPIER AUF SCHREIBTISCH

PETER

„Hier: 250 Euro habe ich allein für Porto ausgegeben."

CONNY

250? Bekloppter!

PETER

„...und hier: 300 Euro für Schreibwaren!"

CONNY

„300? Witzbold!"

PETER

„750 Euro für Versicherungen."

CONNY

„750? Bei Dir piepts wohl?"

PETER

„Wieso, muss doch sein. Strom: 1.000 Euro."

CONNY

„1.000? Trottel!"

PETER

„Das ist ne ganz schöne Stange Geld. Und 1.500 Euro für Heizung."

CONNY

„1.500 Euro? Arschloch!"

PETER

„Mann, was beleidigts Du mich andauernd? Gleich sag´ ich auch Arschloch zu Dir."

CONNY

„1.600 Euro!"

PETER

„Weißt Du was? Jetzt stinkts mir aber mit Dir. Hier: Der ist für Dich!"

CONNY

„Stinkefinger: 4.000 Euro!"

PETER

„Hä?"

SFX CONNY FUCHTELT MIT BLATT HERUM

CONNY

„Schau hier. Das ist die Preisliste für Beleidigungen im Straßenverkehr."

PETER

„Und?"

CONNY

„Du liegst mit Deinem Mittelfinger echt voll im Trend."

PETER

„Idiot!"

CONNY

„1.500 Euro!"